頬、杖

松川紀代

思潮社

頰、杖

松川紀代

思潮社

目次

著者自装

頬、杖

こどもの頃

ともだちと走って
後ろをふりかえったら
空が逆さに見え
しゃべると
ことばが　紙みたいにちぎれ

彼　足がもつれ
自分も　あなたも　こけたり
忽然　遠くの　薄雲が
とんびの小便になって
わたしの頭に　降った

老いて

幼い私
ふうせんを　へんな音をだしながら
あーあ　ちいさくしぼんでゆく

憶えている　町　町の

かげが
まちまちで

更にかさねて　大きく　と思えど
もう　すっかり
私は老いている

二階

蛾は一度羽をやすめると
じっと　動かない
もう一枚向こうの夜のガラス
私の机の抽出しの中にある

どこかから　切り抜いた
一枚の日本画　制服を着たまま見ていた

裸で立っている
白い輪郭のある夜　飛んでいる蛾と　庭の葉と
蜘蛛の巣　根が露骨に見える花

階下では
町工場のシャッターが　壊れる音を立てて　閉まり
従業員に　何か　尋ねている母の声も
匂いがする　湿ったヘアピン

こまかい道具　立て
油の浮いた口紅　と　その跡

母は出かける
下着を着替え
不夜城へ　と

隣

この世が終わって　あの世に行くのではなく
目を閉じて老いてゆくと　あの世に
いつも　化繊の　スカートを引きずってた　隣の婆
（顔を洗うのは忘れちゃった
なんて気持ちのよい天気）

宇宙には途切れる　なんて箇所などなく
どこも　隣

百日紅

百日紅の木に
鵯《ひよどり》が　一羽
枯れた花殻を　食べにくる
同じ木の　下の方に　雀　四羽

鴨を見ないふり
気にしない　ね　私も

界隈寸感

立売堀《いたちぼり》で　騒がしい子どもたちが　銀行に駆け込む
三つ葉のクローバを形どった貯金箱をもらう
十円玉を入れて　振って

西隣の薩摩堀公園は草ぼうぼう

衣類に雑草の種　模様
禿地の上　はだしでゴム段跳びする上級生ら
倦きると　小石をはじいて陣取り組と
おしろい花を吸いはじめる　別組
青空に　ちいさな顔　汗で映える

お寺

お寺で習字をする
英語も教えてくれる
わたしの後ろにいた子は　算数が得意で
ノートに数字が　びっしり並んで
数字の花畑

紙の上を
その子の鉛筆はくるくると舞う
スケート

法会も　むろん

一大事

高野山って頭痛持ちの人が行く　？
頑固だが人懐っこい青年だった父
父が拝む姿は見たくない　なぜか気恥かしい
どんな悩みがあったのだろう

呼吸みたいにして　聞いてみたい
小6から中1、2くらいの
わたしの人生の悩み　だって
一大事

とんでもなく

無窮の星空
とんでもなく遠い星が
見えている不思議
けれど　ひとつの星から
ひとつの星へ

旅した人たちがいないのかどうか
ある日わたしは自宅を出て
その地方に着いた
また自宅に　帰ってきた
寝床の中でいろいろ考える
帰ってこれるとは素晴らしい

義母

義母は忙しかった
月曜日　八種類の薬を一回分ずつ押し出す　午後生け花教室
火曜日　庭の草むしり　昼から俳画教室
水曜日　カラオケテープの整理　三時から老人クラブお茶飲み会
木曜日　近大病院耳鼻科へ　帰ってから部屋いっぱいの洗濯物を押さえつける

金曜日　小林さん宅に立ち寄り　老人クラブの仲たがいを相談
土曜日　植木屋が用ありげに来る

わたしの部屋まで何度も訊きにくる義母
忙しすぎる
真剣に困っている
頰、杖ついている
わたし　と　違って

眺める

わたしの居間
一日中　ここ
台湾製の機械で蒸留水を作る
緑茶　紅茶　中国茶　ごぼう茶　ルイボスティー
コーヒー豆…………

掃除機をかけ
湯で絞った雑巾で
百年は持つというチークの床を拭いて
ときどき忍者のように
食料品の買い出し

電灯をともし
あらゆる　行く末を夢想
柿の白和え　巻寿司　わかめの味噌汁やなんかを
ただ　眺める

夢見る

どうすれば　他人が自分のために働いてくれるか
母は　そればかりを寝床に座って考え続け
翌日実行した
わたしは向こうからやってきた人に手を取られ
「あんたらはいい子やのに　お母ちゃんはなあ」と言われたことがある

しかし
「あんたのお母ちゃんの偉いのがわかった」とも言われた
褒めたおばさんは夫を亡くして　店を畳んだ人だった
母は口が悪く辛辣
怒鳴ったり　叩いたり　脅したり
なのにすぐに泣いて　演技する　誰も勝てなかった
いったいぜんたい母が人の言うことを聞くなんてことがあったのだろうか
「陛下　ウァンツイ　ウァンツイ　ウァンウァンツイ」
母の数少ない良い思い出もある
夏の夜　出来たての物干し台に子供の布団を敷き並べて
私たちは寝ながら星空を見たのだった　夢見ることをおぼえた

すごい

西隣りの家にはきれい好きのおばあさんがいて
毎日畳の上に茶殻をまいて掃く
子供みんなの足の裏も　丁寧に拭いていた
癇性なので　家の中にはなにもなかった
その家の子やっちゃんは　わたしが遊びに行くと

空っぽの本箱の中から空っぽの小箱を
カタンと音をたてて出して　わたしに
さっと見せた

やっちゃんは大人になって　背高いまぶしい女性だが
声だけ低く　はじめ誰だかわからなかった
電気屋をしている弟さんに聞いたら
「マンションに住んでいるけど　やっちゃんは変
置いてるもんがちょっとでもずれたら　目つきがかわる」
子供時代を知ってるって複雑　弟さんはしかし
それを健気に逆手にとって販売に生かしているから
すごい！

聴きまちがえ

なんという楽しみ
告白しますが「恋は正しい」
わたしは何組もの人の恋路を追って三年目　今や悪癖となり
恋する女や男たちの顔ばかり見て
どちらの頬の裏にも美しい紅い花びら

彼らの言うセリフに魅了され
なにを言っても聴きまちがえる
頰、杖

言ってしまった次の日

小学生の時
心斎橋商店街の福引で一等賞を当てた
景品はステレオセット
学校では「買った」と言うようにと　母からひと言
わたしには意表をつくことで

言ってしまった次の日　級友たちに囲まれ笑われた
商店街の垂れ幕に「一等賞おめでとう！　○○○○様」
わたしの名前が大きく書かれていたそうだ
我が家の六畳間にステレオが忽然と現れ皆を感動させたが
嘘をついたいやな思い出が　残っている
その後　レコードの頒布会に入って
簡素なジャケットに入ったレコードが毎月届いた
チャイコフスキーやモーツァルト
はじめて　そして　何度も聴いた

危惧

母と一緒にいると
自分がどこにでも転がっている石ころのような存在で
普通の娘で　ただ文句を言い　じきに忘れてしまう娘になりはしないか
危惧する　自分の未来を

母は時々　若い従業員の男の子たちをキャンプに連れて行った
幌付きの小型トラックに　なぜか中学生のわたしが混ざっていた
彼らに背中を触られ肩を組まれたりした
いやだ　激しく言えばよかった

穴のあくほど

見知らぬ猫が　庭をゆうゆうと
横切ってゆく
思わず手を叩いた
猫が止まり
穴があくほど　じっと見つめられた

この視線　覚えがある
その
中年の男よ

断末魔を　歌いながら

うどん粉病にかかった
サルスベリの花
蕾の先まで　白っぽい粉をふき
満開になった
断末魔を　歌いながら

頬、杖

手はいつも顔の近くにある
頬、杖をついて
いなくても
首をさわって
顎を押さえてみたり

頭の下にあったり
眉なんぞをなぞってみたり
赤ん坊だった頃　指を吸っていた名残なのだろうか
ねむっていても　手は
時計回り　いや反時計回り
顔へ

白湯

父は　よく白湯を飲んでいた
実に　おいしそうに

子供心に
そんなもの　と思った

白湯をすする年齢になった
白湯の味　あるような　ないような

いつの時代のものか　わからない時代が
からだの中を　とおってゆく

?

叔母は我が同族会社の　犠牲者か　それとも守り神？
自動車整備工場の女性フロントとして五十年間も働いた
事務所の一番出入口に近い机に座り　客が来ると飛び出した
母に命じられ　部品係も兼ね　腰にいつも部品庫の鍵をぶらさげ
部品の注文　催促　客との長い電話　忙しい叔母の頭の中には

客と仕入れ先の驚くべき数の電話番号がしまわれており
自動車の部品の名前と値段が詰まっていた
夜　店のシャッターが降りると　叔母は座りなおし
営業マンの夫と残業用の焼きそばを食べる
叔母の机の上には　整備士の書いた作業書の山
整備士たちと話をしながら　毎日請求書を作った
叔母だって自宅に帰れば　ほっとしたことだろう
この仕事とよほど性が合っていたのか　しかし解せないことに
私も妹も　父母も　従業人はむろん
叔母の私生活を一瞥すらした者が
皆無だとは　ロボットではあるまいし？

悲しいうれしさ

朝
庭に散布した水も　強い日光に晒されて
夕方はやってこないのに
梅雨時の真昼間　二回目の水をまく
なんでも早めにする癖がついた

水をやることだけがわたしの仕事になって
ありがたいような
力が入らないうれしさ

祖父ありき

祖父が借りた家は大正区にあった
一階が小さなオートバイの修理工場で
二階にお妾さんが住んでいた
若くもなく美人でもなく　料理だけは上手
孫の私たちに気を遣い

近くのお祭りの屋台で　お菓子や布の財布を買ってくれた
母だったら嫌がって買わないものだ
三度妻をもらったのに　みんな病死

父の母親　私の祖母は大変おとなしい女で
右を向いていろと言われれば　そうしてしまう
祖父の三人目の妻は芸者上がりの美女
長女の私を家を継ぐ子だと
おぶってくれた
田舎育ちの若かった気の強い私の母つまり　息子の嫁とも喧嘩ばかり
祖父によく追いかけられた母は　裸足で向こうの丁目まで逃げたとか
ついでに悪態をついて熱いお茶をかけられ　濡れた紙で顔を冷やしていた

三橋美智也のレコードに聴き惚れる
新しいものが大好きだった祖父
女の子ばかりの孫にはいろんなものを買って与えた
服　靴　下着　塗り絵　鏡でできた土産物　貝の首飾り
着せ替え人形　サンタクロースの長靴　ケーキ
心斎橋にはいつも祖父と行った
宝塚歌劇では私たちの横で祖父は居眠り
大学の入学金まで出してくれ
女に貢いだ人生　ではあった

祖母

誰もいない台所
鼻歌まじりに祖母の料理が
誰のためでもない自分のための昼ご飯
すべて　昨日の夕飯の残り物
鰆の煮付けとその汁

白菜と揚げの炊いたもの少し　胡瓜の酢の物少し
それらを全部　焦げてひしゃげた鍋に投げ入れて
一杯分のご飯も入れ
おじやにするらしい

酢も胡瓜も煮ると格別の調味料
ここからが始まりだった
祖母は冷蔵庫の奥に顔を突っ込み
出てきた何日前のものかわからない茶色い残り汁と固形物
何日か前の和え物
何日か前の生姜を擦ったもの
そういえば祖母は　どんな料理の残り汁も取っておく

どんな小さな調味料の袋も捨てない

赤飯に付いている胡麻塩　豚まんの辛子　餃子のたれ
でも私が目を見張ったのはそんなものではない
なんと祖母は　昨日母がおやつに買ってきたみたらし団子のたれも
ケースから鍋に流し入れている

まあおばあちゃんが食べるのだから
ぐつぐつ煮えて
台所に摩訶不思議な匂いが立ち込めた
祖母はどんぶり鉢におじやをてんこ盛りに

このごろ

ぜんそく気味
うっかりパン屋で咳をした
レジに並ぶ行儀のいい人たちに　首をすくめ
夏なのに歳なり

背を丸めて歩く
長い信号を待つあいだ　咳は出なかった

夜更け
湯ぶねにつかる
ふひゅう　うふゅう

初めて聴く
私の息からもれた音
自然の親戚でもあったのか？

蓋のない夜

捨てきれない歯みがきチューブを　そのまま洗面所に
蓋をしないで眠ったら
真夜中　白っぽい首の長いものが
練り歯みがきをなめにくる
歯刷子小僧も　のぞきにくる

夜蜘蛛の子供も廊下のなげしの角で
スカートを広げて見ている

台所でも抜け目なく
蓋のないものをさがす
果物があるが　皮がピカピカ光っててつまんない
つまんないとつぶやきながら
鍋の汚れや汁の匂いを嗅いでまわる
台所はふきんで毎晩
しっかり拭いておかねばならない
缶の蓋も練り物の蓋もしっかり閉めて
流しの水垢だけをなめさせる

人類住宅地

点灯車が幾台も延々と連なって
みな自宅を目指している

私はどこかに行かなくては
国道を渡って未舗装の道路を進むと

先は湿っぽくすすきで
薄ぼんやりして

なんとか乗り切ろう
家を後にして　行き止まりの路に立往生しながら

夢のなかの私は手ぶらで
「人類住宅地」という立て札
長男が確か月基地に勤務するようになったとか
知らせる手紙が届いていた

あと始末

紫檀で作られた水牛
手のひらに乗るサイズで
海外旅行など滅多に行かない父の
土産物だ　長い間本棚の中にあり
この家に引っ越して初めてサイドボードの上に置いた

ところが昨夜寝る前に気がついたが
失くなっていた
エアープランツの横で
薄暗いひかりを浴びていた
まだ小さい四歳の孫がそれで遊びたがっていた

私がしまったのだった
しまい込んだのに
もう一度置き直した　さわり易いように

井戸端

それから　涙をふいて
いつものように
孫たちの衣類の洗濯をして

電車に乗って

出かけます
誰もわたしを見ていない

住吉の昔住んだ下町の
狭い路地の奥の明るい井戸端に
わたしが見えました

鉄線

今から　ずっと以前に住んでいた家
近所の若い奥さんが亡くなって
葬式が行われた
座布団を貸し出したり
お茶を出したり

親戚より近くの他人
路地裏が賑わった
折しも我が家の玄関先には鉄線のひと鉢が
満開だった
その花が何十年経って
今も咲きはじめる　違う家で
ゆっくり開く鉄線の花
指を一本ずつ開いていくように
紫色が少しずつ見えてくる

それがわかるまで

そのレストラン
明かりは仄暗く
黄色いガラスを焦がしている
壁には枯れた草の絵が
割れ模様の瀬戸物の額に入れられ　横並びに飾ってある

ウェイトレスが物静かに料理を運んでくる
みんな黙ってうつむき食事をしている
店に音楽はなかった
テーブルのずっと上
食堂のこってりした匂いが天井を這い
今日という日を撫でて
店の主人の顔は
誰も知らなかった
で　何がどうした
私はどうして　ここにいて
彼はどうしてやってこないのか
約束はなんだったのか

知らないレストランで
知らない人を
なんで待っているのか
誰に問うたらいいのか
それがわかるまで

自分

元の自分に戻ったよう
夢見ていて

しかし　元の自分なんて
とおくに消えたような気がする

自分が頬杖をついているなんて
まったく知らなかった

自然なすがたでいる
解放されて

五分だったか
永遠だったか

無題

毎日　死に近づいている
こうして座っている
なんの意味もないのに
死ぬことがよくわからない

遠くを　スローモーションで
走っていく人
これだけはわかる　いつかわからないうちに
私はバトンを渡していた

出口か　入口か
窓か
細い顔の男が　そこから動けず
「こたえてくれ」と叫んでいる
最後に　自分で
自分に息を吹きかける

「おい」
元気出せ

練習

空を飛ぶ練習をした
家の近くの原っぱに　私はいた
夕焼けは少しずつ暗くなりかけているが空の赤みはまだ残っている
自分でも思いがけないことだったが　ちょうど背面跳びみたいに上向きになって地面を軽く蹴るのだ

すると体がふわりと浮いた
泳ぐようにあとはゆっくりゆっくり進む
上向きになってゆっくり速度を増し　家の周りを大きく周遊した
少しも怖くないし　手を伸ばすとまだ暖かい夕方の空気に体が馴染んで飛んで
いる　その言葉で言えない幸せを知った
次の回には飛びはじめがうまくなった
もう地面を蹴らなくても一気に舞い上がれる
下の方に人の気配を感じて　見られてはいけないと思いつつ
それに誰も空を飛んでいるなんて思わないはず
少し前にはきれいな夕焼けがあったのにもうすっかり暗くなっている
ぐんぐん速度を増してゆくとずいぶん高く登ったことに気がついた
空に不安な厚みを感じた　これ以上高く舞うのは危険だ

帰ってこれるよう　自分で見えない界線を作ろう
空ぜんたいにぼうっと光るやさしいものを　耳の後ろあたりで感じる

松川紀代　まつかわ・きよ

一九四八年大阪生まれ

詩集

『やわらかい一日』（一九九〇年、ミッドナイト・プレス）

『私のなかの誰とだれ』（一九九五年、ミッドナイト・プレス）

『身内』（二〇〇〇年、私家版）

『舟　その他』（二〇〇四年、ミッドナイト・プレス）

『異文化の夜』（二〇一〇年、書肆山田）

『夢の端っこ』（二〇一八年、思潮社）

詩誌「オリオン」所属

〒六六二―〇〇四六　兵庫県西宮市千歳町二―二十五

頬《ほお》、杖《づえ》

著者
松川紀代《まつかわきよ》
発行者
小田啓之
発行所
株式会社 思潮社
〒一六二—〇八四二 東京都新宿区市谷砂土原町三—十五
電話〇三(五八〇五)七五〇一(営業)
〇三(三二六七)八一四一(編集)
印刷・製本
創栄図書印刷株式会社
発行日
二〇二四年六月二十五日